AF450593

LES FOLLES RAISONNABLES,

COMÉDIE EN DEUX ACTES,

IMITÉE DE L'ANGLOIS DE FARQUHAR

PAR M. DUMANIANT;

Représentée, pour la première fois, sur le théâtre des Variétés-Étrangères, le 13 juin 1807.

A PARIS,

CHEZ ANTOINE-AUGUSTIN RENOUARD,

RUE SAINT-ANDRÉ-DES-ARCS, n° 55.

M DCCC VII.

<table>
<tr><td>PERSONNAGES,</td><td>ACTEURS,
MM.</td></tr>
<tr><td>MIRABLE, père.....................</td><td>HENRI.</td></tr>
<tr><td>MIRABLE, fils.....................</td><td>CLÉMENT.</td></tr>
<tr><td>TRUMAN, neveu de MIRABLE........</td><td>LE BORNE.</td></tr>
<tr><td>DUGARD, ami des jeunes gens.........</td><td>PICARD.</td></tr>
<tr><td>JOHN, valet.......................</td><td>GRANDVILLE.</td></tr>
<tr><td>ORIANA,
ÉMILIE, } pupilles de MIRABLE.......</td><td>{ mesd. DACOSTA.
{ GRANDVILLE.</td></tr>
<tr><td>Un maître de danse, personnage muet....</td><td></td></tr>
</table>

La scène est à Londres, dans la maison de M. Mirable.

LES
FOLLES RAISONNABLES.

ACTE PREMIER.

*Le théâtre représente un salon. Un paravent
à la droite de l'acteur.*

SCÈNE PREMIÈRE.

DUGARD, JOHN.

DUGARD.

M. John, vous avez de l'esprit.

JOHN.

Est-ce d'aujourd'hui seulement que Monsieur s'en
apperçoit ?

DUGARD.

Mais vous êtes bavard, indiscret.

JOHN.

Je ne suis ni l'un ni l'autre, quand on met un prix
honnête à mon silence ; et vous avez acheté le mien.

DUGARD.

Ainsi donc, vous vous souvenez....

JOHN.

Que, quoique vos deux amis et vous soyez à Londres depuis quinze grands jours, vous n'êtes arrivés de France que depuis hier au soir.

DUGARD.

N'allez pas vous couper dans vos réponses, aux questions que l'on pourroit vous faire.

JOHN.

M. Mirable, le fils du maître du logis, et son cousin Truman, ont eu, dans tout le cours de leurs voyages, une conduite exemplaire : ils ont mérité l'honneur d'être cités par-tout comme des modèles à suivre ; et c'est à vos bons conseils, à vos sages remontrances, qu'ils doivent la haute opinion qu'ils ont laissée de leur mérite, dans tous les lieux où ils ont passé.

DUGARD.

Il n'est pas nécessaire de nous peindre comme des Catons ; M. Mirable nous connoît ; il est indulgent ; il veut que les jeunes gens s'amusent ; et si vous nous flattiez trop, votre récit pourroit paroître suspect.

JOHN.

Je tairai les trois quarts de vos extravagances ; et je présenterai les autres sous un jour favorable.

DUGARD.

Qu'avons-nous fait que des jeunes gens bien élevés ne puissent se permettre ?

JOHN.

Qu'avez-vous fait ?

DUGARD.

L'amour et des dettes.

JOHN.

Des pertes au jeu, de mauvaises affaires, des querelles.

DUGARD.

Supprimez les détails.

JOHN.

La chose est convenue.

DUGARD.

Le point important est de ne pas oublier que nous ne sommes à Londres que d'hier au soir.

JOHN.

Il seroit plus décent encore de vous dire arrivés de ce matin.

DUGARD.

Sot ! est - ce que milord Bonfil, l'intime ami de M. Mirable, ne nous a pas vus hier tous les trois à Covent-Garden ?

JOHN.

Quand on veut rester inconnu dans une ville telle que Londres, où il est si facile de se cacher, va-t-on se montrer au spectacle ?

DUGARD.

C'est ce fou de Mirable qui l'a voulu. Il espéroit y voir la belle inconnue dont il est si ridiculement épris.

JOHN.

Son père veut qu'il épouse votre sœur ; vous le voulez aussi, et vous souffrez qu'il soit amoureux d'une autre ?

DUGARD.

Cette aventure n'aura pas de suite.

JOHN.

Il faudra que nous y mettions ordre.

DUGARD.

Songeons au plus pressé. Le respectable M. Mirable et ma sœur, prévenus que je suis dans ce salon, vont sans doute s'y rendre : je les attends. Ainsi, retire-toi.

JOHN.

Je vous laisse. Je vais faire un tour à l'office ; j'aime
à revoir mes anciennes connoissances. (*il sort.*)

SCÈNE II.

MIRABLE père, DUGARD.

DUGARD.

Il m'est bien agréable de vous voir. Souffrez que je
vous remercie de tous les soins que vous avez eus pour
ma sœur.

MIRABLE, père.

L'amitié m'en faisoit un devoir ; et l'aimable caractère, l'enjouement de votre sœur, qui ne se dément
point, m'en a fait un plaisir.

DUGARD.

Jamais je ne vous vis mieux portant, ma joie en est
extrême. Cette inaltérable gaîté qui vous distingue de
nos Anglois si moroses, brille toujours dans vos traits.
D'honneur, vous me semblez rajeuni.

MIRABLE, père.

J'ai conservé toute ma vivacité. En dépit du qu'en
dira-t-on, en dépit de mes cheveux qui grisonnent
depuis long-temps, je ris, je bois, je chante, je danse ;
et si les dames, qui m'avertissent quelquefois de mon
âge, vouloient bien me passer ce petit tort, je leur dirois
encore de jolies choses ; mais ces étourdies ne m'écoutent
pas. Je n'ai plus que le stérile avantage d'être leur con-
fident discret. Je prends rarement de l'humeur ; il me
seroit pourtant permis d'en avoir en ce moment : il me
semble que mon fils, en arrivant, me devoit sa première
visite.

DUGARD.

Vous ne doutez pas de sa tendresse?

MIRABLE, père.

Ne pouvoit-il pas se faire tout de suite conduire à ma campagne? le trajet est-il si long?

DUGARD.

Il le vouloit; des amis se sont trouvés là au moment de son arrivée, ils l'ont entraîné.

MIRABLE, père.

Au spectacle. C'est en vérité exemplaire. Quelle tendresse filiale! Pourquoi n'est-il pas venu avec vous?

DUGARD.

Il étoit si las de la route, et d'avoir été obligé de passer une partie de la nuit à la taverne avec ses amis, qui ont voulu célébrer son retour, qu'il s'est mis au bain en se levant.

MIRABLE, père.

Il me croyoit absent, il n'y a pas grand mal à tout cela; mais j'espère que lui, ainsi que son ami, mon neveu Truman, ne se feront pas desirer long-temps, et qu'ils me feront l'honneur de dîner avec moi.

DUGARD.

Je suis chargé d'obtenir une grace de vous?

MIRABLE, père.

Il n'a pas d'argent peut-être?

DUGARD.

Pardonnez-moi, il est en fonds; mais ses amis l'ont traité hier au soir: votre fils vous ressemble, il ne veut rien devoir à personne, et il régale à son tour ses camarades, chez ce nouveau cuisinier françois qui attire chez lui et la cour et la ville.

MIRABLE, père.

Mon fils Henri est un fou. S'il veut prendre les ouvriers et les traiteurs à la mode, il se ruinera.

DUGARD.

Nous ne serons que douze à table, et il ne lui en coûtera que trois guinées par tête.

MIRABLE, père.

Que trois guinées par tête! bravo, Henri, bravo. Ah! je le vois avec plaisir, mon fils est prodigieusement changé à son avantage. Comme les voyages forment bien la jeunesse! Je crois entendre votre sœur, je vous laisse avec elle. Je présume qu'il se passera bien une heure avant que mon fils soit ici. Je vais chez mon notaire, qui a des fonds à me remettre; quand on a un fils qui mange à trois guinées par tête, et qui régale douze de ses amis, il faut faire provision d'argent.

SCÈNE III.

ORIANA, DUGARD.

ORIANA.

TE voilà donc enfin. Sois le bien venu, mon frère.

DUGARD.

Ma chère sœur, je ne te demande pas comment tu te portes; ta fraîcheur me le dit assez.

ORIANA.

Oui; graces à la nature et à ma toilette.

DUGARD.

Dis aussi, graces à la félicité dont tu jouis dans cette maison.

ORIANA.

Il est vrai que mon tuteur est le plus aimable des hommes.

DUGARD.

Ta cousine Emilie et toi, vous le tourmentez bien!

ORIANA.

Nous serions sans excuse, si nous en étions capables.

DUGARD.

Emilie est-elle toujours la plus aimable folle?...

ORIANA.

Nous sommes aussi raisonnables l'une que l'autre. Il y a assez long-temps que tu m'interroges : tu arrives, et c'est à moi à te faire des questions.

DUGARD.

Tu brûles de savoir si Mirable rapporte à tes pieds un cœur tendre et fidèle.

ORIANA.

Vous êtes sorcier, mon frère.

DUGARD.

Eh bien?...

ORIANA.

Eh bien! il ne m'aime plus?

DUGARD.

Quelle vivacité! Ai-je dit un mot de cela?

ORIANA.

Achève donc.

DUGARD.

Il t'aime toujours.

ORIANA.

A la bonne heure.

DUGARD.

Mais il ne veut pas épouser.

ORIANA.

Comment, il ne veut pas épouser? Ah! nous verrons!

DUGARD.

Il s'est fait un joli petit système d'inconstance, qu'il prétend suivre. Il se plaît à présenter ses hommages à toutes les belles.

ORIANA.

Qui l'accueillent?

DUGARD.

Le plus souvent; mais, par quelle fatalité, mesdames, sont-ce toujours les hommes de ce caractère, que vous préférez?

ORIANA.

C'est que ce sont toujours les plus aimables, et qu'il y a quelque gloire à les fixer.

DUGARD.

Quelle folie!

ORIANA.

Il peut lui seul faire mon bonheur.

DUGARD.

Je vais rejoindre Mirable pour le conduire ici. Tu n'auras pas de meilleur avocat que moi auprès de lui, s'il se montre digne d'obtenir ta main; mais, en bon frère, je t'en avertis, ma sœur, ne t'engage pas trop avant avec lui; tu pourrois, peut-être, t'en repentir. Adieu, folle.

SCÈNE IV.

ORIANA, *seule.*

NE t'engage pas trop avec lui. Ce conseil est fort bon; mais j'aime Henri; il a des défauts, des travers,

peut-être ; mais son cœur est généreux. Il se corrigera,
il me rendra heureuse, et je profiterai pour son bonheur et pour le mien, de tous les avantages que ma po-
sition me donne.

SCÈNE V.

ORIANA, JOHN.

JOHN.

Je me réjouis, Mademoiselle, de pouvoir vous parler sans témoins.

ORIANA.

Explique-toi sans crainte, tout le monde est sorti. Tu
sais, d'ailleurs, que tu peux compter sur ma discrétion.

JOHN.

Jamais femme n'en a donné une preuve moins équi-
voque. Depuis quinze jours vous savez un secret ; et ce
secret n'a point transpiré.

ORIANA.

Mon intérêt te répondoit de mon silence. Si j'étois
censée être instruite du retour de Henri, je devrois, en
le voyant, le quereller de son indifférence.

JOHN.

Indifférence n'est pas le mot. Il vous préfère intérieu-
rement à toutes les femmes.

ORIANA.

Et il se prend de belle passion pour toutes celles qui
veulent l'écouter !

JOHN.

Le cœur n'est pour rien dans ces infidélités passa-
gères.

ORIANA.

N'importe. Il faut y mettre un terme. Sais-tu quel est le nouvel objet qui le captive ?

JOHN.

Cette dame, m'a dit un de ses gens que j'ai acosté, est une étrangère fort riche. Comme ce domestique n'est dans cette condition que depuis deux jours, les éclaircissements qu'il m'a donnés ne m'ont pas fort instruit. Quant à moi, je n'en ai point une opinion merveilleuse. On ne se cache pas avec tant de soins, lorsque l'on n'a rien à risquer à se faire connoître. Je gagerois ma tête, que c'est quelque aventurière qui cherche à faire des dupes. Une femme qui se loge en hôtel garni, qui a un carrosse de remise, un laquais de louage, qui veut prendre un jockei pour quelques jours seulement, qui pour se donner un air plus important, et jouer la créole, voudroit que ce jockei fût un nègre ; tenez, tout cela sent diablement l'intrigue, et le cher M. Henri n'aura pas, je crois, à se féliciter de cette bonne fortune.

ORIANA.

J'entends quelqu'un : il ne faut pas que l'on nous voye ensemble : viens me joindre au jardin ; je t'instruirai d'un projet dans lequel tu me seras très utile. (*elle sort.*)

SCÈNE VI.

JOHN, *seul.*

ELLE est sortie bien à propos, pour n'être pas vue ; c'est mon maître qui s'avance en chantant.

SCÈNE VII.

TRUMAN, MIRABLE, fils, JOHN.

MIRABLE, fils.

AH ! voici notre secrétaire d'ambassade, le cher Jonh.

JOHN.

Et qui vous apprend que monsieur votre père est en ville depuis hier au soir.

MIRABLE, fils.

Cela est contrariant.

JOHN.

En quoi donc, Monsieur ?

MIRABLE, fils.

Je donne à dîner à mes amis. Ma foi, j'inviterai mon père à être de la partie. Il est homme à accepter la proposition, et même à payer pour moi.

TRUMAN.

Je le pense ; mais il nous gêneroit. Quelques-uns de nos amis pourroient se permettre avec lui des plaisanteries....

MIRABLE, fils.

Malheur à celui qui l'oseroit. Manquer à mon père, ce seroit cent fois pis que de me manquer à moi-même.

TRUMAN.

Comme il ne seroit pas décent que tu dînasses hors de chez toi, le jour de ton arrivée, remets ton dîner à demain.

MIRABLE, fils.

Je t'approuve. John, va chez le traiteur, tu lui diras que la partie est remise.

JOHN.

Et vos amis ?

MIRABLE, fils.

Je chargerai le cher Dugard de leur écrire un billet circulaire. C'est un garçon excellent pour les épîtres et les messages : il n'est propre qu'à cela ; il s'en acquitte bien, et je lui donne de l'occupation.

JOHN.

Je cours exécuter vos ordres. Je vais chez le traiteur, et si je rencontre M. Dugard, je lui ferai part de vos intentions. (*à part.*) Je vais au jardin trouver miss Oriana ; je suis curieux d'apprendre le secret qu'elle doit me communiquer.

SCÈNE VIII.

MIRABLE fils, TRUMAN.

MIRABLE, fils.

ME voilà donc de retour sous le toit paternel, auprès de celle que l'on veut que j'épouse !

TRUMAN.

Elle est aimable.

MIRABLE, fils.

Oui ; je lui rends justice. Je l'aime au fond ; mais se marier, cela est si triste ! Un engagement qui ne finit plus, c'est pour en mourir. Tiens, mon cher Truman, avant mon départ, je n'aspirois qu'au moment fortuné de faire une sottise. N'eus-je pas la duperie de me lier tacitement par un écrit ? Dieu veuille qu'Oriana ne cherche pas à faire valoir une promesse dictée alors par la crainte de ne pas la posséder ! Insensé ! savois-je ce que je faisois ? Mes voyages m'ont donné du goût pour l'inconstance. Il est si agréable de changer tous les jours de lieux, d'habitudes et de plaisirs. Quelle vie monotone que celle que l'on traîne ici ! Tiens, mon cher Truman, sans la liberté dont on jouit dans nos tavernes ; sans le vin de Champagne, qui dissipe les brouillards qui nous environnent, Londres seroit un pays inhabitable.

TRUMAN.

Tu as vraiment raison : notre chère patrie est un peu triste.

MIRABLE, fils.

O France ! France ! séjour plein de charmes et de délices, que j'aime tes usages, tes mœurs, ta politesse, ton vin et tes femmes ! Tout fait de toi le paradis du monde.

TRUMAN.

Les femmes y sont charmantes, j'en conviens. Les Hollandoises me plaisoient beaucoup aussi. Elles ont un ton sentimental....

MIRABLE, fils.

Oh ! ne m'en parle pas ; elles sont trop épaisses et trop rondes. En Hollande, tout se ressemble. Un Hollandois est rond, son cheval est rond, un navire est rond ; on croiroit que dans ce pays là, tout a été jeté dans le même moule que les fromages.

TRUMAN.

Grace pour nos Angloises.

MIRABLE, fils.

Elles seroient charmantes, si elles ne prenoient pas tant de peine pour gâter l'ouvrage de la nature. C'est un peu notre faute ; elles ne vivent point assez avec nous. (*ici Emilie écoute au fond du théâtre.*) Je médite une réforme générale dans nos mœurs et dans nos habitudes.

Mahomet, pour changer les lois de son pays, eut besoin d'un Omar ; tu seras le mien, et nous ferons des prosélytes ; mais c'est contre le beau sexe, sur-tout, que nous dirigerons d'abord nos attaques.

TRUMAN.

Ne compte pas sur moi. Je suis si gauche, si timide auprès des belles.

MIRABLE, fils.

Les femmes te font peur ?

TRUMAN.

Je veux quelquefois avoir un peu d'audace ; cela va bien, tant qu'on ne m'interrompt pas. Un regard sévère m'interdit ; un mot me déconcerte. Je veux répliquer, je balbutie ; je suis frappé de la foudre, il n'y a plus personne.

MIRABLE, fils.

Tu ne sais point tirer parti de tes avantages. Il y a des moments où je voudrois te ressembler. Ecoute, si tu desires que j'achève de te perfectionner, jure de m'imiter en tout.

TRUMAN.

J'y ferai mes efforts.

MIRABLE, fils.

Pour y parvenir, jure-moi, sur-tout, de ne point subir le joug du mariage.

TRUMAN.

Cette fantaisie ne m'a point encore passé par la tête.

MIRABLE, fils.

Il ne t'en coûtera donc rien pour me faire le serment que j'exige ?

TRUMAN.

Rien du tout.

MIRABLE, fils.

Donne-moi ta main.

TRUMAN.

La voilà.

MIRABLE, fils.

Si l'un de nous fausse sa parole, il donnera mille guinées à l'autre.

TRUMAN.

Allons ! c'est marché fait.

MIRABLE, fils.

Que nos belles paroissent, qu'elles se mettent sous les armes ; je réponds de mon triomphe.

TRUMAN.

Et moi du mien.

MIRABLE, fils.

Séduisons-les toutes.

TRUMAN.

Et n'épousons jamais.

MIRABLE, fils.

Point de mariage : voilà notre mot d'ordre.

SCÈNE IX.

TRUMAN, MIRABLE, père, MIRABLE, fils.
(Emilie s'esquive à l'arrivée de Mirable, père.)

MIRABLE, père.

Je te revois donc, enfin, mon cher Henri, mon fils bien aimé.

MIRABLE, fils.

Mon père ; qu'il m'est doux de vous serrer dans mes bras !

MIRABLE, père.

Si votre empressement eût été tel que vous me le dites, ne seriez-vous pas venu ici tout de suite ? Je veux bien fermer les yeux sur cette étourderie, et ne m'occuper que du plaisir de te revoir, ainsi que le cher Truman. Je souhaite que tu ne me l'aies point gâté.

MIRABLE, fils.

Moi, mon père. Demandez-lui s'il n'a pas reçu de moi d'excellents conseils.

TRUMAN.

Oh ! votre fils est prodigieusement changé à son avantage.

MIRABLE, père.

C'est ce que la suite me prouvera. Je ne veux songer qu'à la joie que me cause votre retour. Je veux vous donner une fête.

MIRABLE, fils.

Bravo, mon père ; laissons les avares amasser des trésors pour enrichir des héritiers avides. Ce n'est pas là votre système.

MIRABLE, père.

Non, graces au ciel. C'est bien souvent la faute des pères s'il est des fils assez dénaturés pour desirer leur trépas.

MIRABLE, fils.

La pensée seule m'en fait frémir.

MIRABLE, père.

Henri, j'ai desiré acquérir ton amitié, en te donnant sans cesse des preuves de la mienne.

MIRABLE, fils.

Avec un cœur tel que le mien, vous ne pouviez pas prendre une voie plus sûre, pour arriver à votre but.

MIRABLE, père.

Cette amitié fut, peut-être, quelquefois trop indulgente.

MIRABLE, fils.

Jamais, mon père.

MIRABLE, père.

Depuis que tu es au monde, je n'ai desiré que ton bonheur, et je veux te le prouver aujourd'hui même.

MIRABLE, fils.

Comment cela, mon père?

MIRABLE, père.

J'ai chez moi deux jeunes personnes charmantes.

MIRABLE, fils.

Je leur rends justice.

MIRABLE, père.

Je ne ressemble point à ces tuteurs de comédie, quinteux et farouches, qui convoitent un bien qu'on leur ravit toujours, et que l'on a raison de leur ravir. Quoique je ne sois pas insensible aux traits de la beauté, je me suis rendu justice, et c'est à toi que je réserve...

MIRABLE, fils.

Vos deux pupilles?

MIRABLE, père.

Non pas, Monsieur le fripon.

MIRABLE, fils.

Je les épouserai toutes les deux, pour vous faire plaisir.

MIRABLE, père.

Si vous voulez bien le permettre, il y en aura une pour votre cousin; il choisira après vous.

TRUMAN.

Mon choix alors ne sera pas embarrassant.

MIRABLE, père.

Il est juste qu'un fils ait la préférence sur un neveu ; mais quelle que soit celle des deux qui vous tombe en partage, vous n'aurez pas à vous plaindre de votre lot. Mon Oriana et mon Émilie sont bien les deux jeunes personnes les plus sages, les plus folles, les plus réservées, les plus espiègles que j'aie connues en ma vie. Je veux qu'elles soient heureuses ; je veux que vous le soyez l'un et l'autre à votre tour, et j'ai résolu ce double mariage.

MIRABLE, fils.

Vous me donnerez du temps pour me déterminer.

MIRABLE, père.

Non, Monsieur ; pas seulement vingt-quatre heures.

MIRABLE, fils.

Je ne me décide pas si vîte.

MIRABLE, père.

Je n'entendrai pas raison sur cet article ; je vous en avertis. J'ai parlé en ami jusqu'à ce jour : je vous parle à présent en père et en maître, qui exige l'obéissance.

MIRABLE, fils.

Mais, mon père...

MIRABLE, père.

Quoi ! la chose que j'ai le plus ardemment desirée dans ma vie, je ne l'obtiendrois pas de toi. Tu voudrois donc faire mourir ton vieux père de chagrin ? Non, non, tu ne le voudrois pas. Mais la vue de mes deux petits démons sera plus puissante sur toi, que mes menaces et mes prières. Je vais voir si la toilette de ces demoiselles est achevée ; il faut qu'elles se montrent avec tous leurs avantages. Je suis si sûr de l'effet de leurs charmes, que je vais faire dresser les deux contrats, où les noms des futurs seront en blanc ; tu mettras le tien sur celui qui te fera plaisir. (*Mirable, fils, veut parler.*) Pas de réplique, pas de réplique. Mon parti est pris, je n'en démordrai pas. (*il sort.*)

SCÈNE X.

TRUMAN, MIRABLE fils.

TRUMAN.

TON père est expéditif.

MIRABLE, fils.

Il aura beau faire, il ne me forcera pas à te payer mille guinées.

TRUMAN.

Heureusement je ne dois choisir qu'après toi.

MIRABLE, fils.

Cela m'est égal. Je reverrai Oriana avec plaisir ; mais je ne l'épouserai pas.

TRUMAN.

Je ne sais point si Emilie me plaîra ; je ne la connois point. Si elle veut m'aimer, à la bonne heure. Je ne risque rien, moi ; je peux m'avancer sans crainte.

MIRABLE, fils.

Une femme s'approche.

SCÈNE XI.

ÉMILIE, *un livre à la main.* TRUMAN, MIRABLE, fils.

MIRABLE, fils.

Ce n'est point Oriana.

TRUMAN.

C'est peut-être Emilie.

MIRABLE, fils.

Elle-même.

TRUMAN.

Son air mélancolique me charme.

MIRABLE, fils.

Eh bien! poussé des soupirs, pour être à l'unisson.

TRUMAN.

Elle ne prend pas garde à nous.

MIRABLE, fils.

Tâche de la tirer de sa rêverie, de fixer son attention : je vais, en l'absence de mon père, chercher Oriana, et savoir si elle conserve encore cette maudite promesse, qui me mettroit dans l'embarras, si elle vouloit en faire usage. (*il sort.*)

SCÈNE XII.

ÉMILIE, TRUMAN.

TRUMAN.

Il me laisse en tête à tête. Je voudrois m'en aller, et je me sens retenu par un charme irrésistible.

ÉMILIE, *à part.*

C'est donc là le sauvage qu'Oriana veut que j'apprivoise. Il est bien cet homme-là. Il est philosophe; donnons-lui une haute idée de ma philosophie.

TRUMAN, *à part.*

Elle m'a fixé sans me voir. Faisons du bruit. (*il tousse et pousse un fauteuil.*) Rien ne la trouble dans ses méditations. Elle a, en vérité, une fort jolie tournure, et elle aime l'instruction. Combien me conviendroit une femme pareille! (*Emilie s'assied dans un fauteuil, tourne le dos à Truman, et rit sous cape.*) Quel air de gravité! Je voudrois bien causer avec elle. Je suis instruit; je connois mes auteurs. Je puis parler physique, astronomie, électricité, histoire, grammaire; un mot me mettroit au fait de ses goûts; mais il faut le lui faire dire, ce mot. Comment s'y prendre. Eh, parbleu! tout uniment. Abordons-la; Mademoiselle?... Elle est plongée dans les réflexions les plus profondes. Mademoiselle?... Pas de réponse. C'est une mathématicienne, sans doute. Un problême l'occupe: attendons qu'elle l'ait résolu.

ÉMILIE, *parlant comme par réflexion.*

Toutes ces formes que les logiciens nous présentent, sont douteuses.

TRUMAN.

Ecoutons.

ÉMILIE, *continuant.*

De-là proviennent ces raisonnements contradictoires, basés sur des opérations communes et alambiquées.

TRUMAN.

Elle parle ma langue naturelle. Je me crois encore à l'université.

ÉMILIE , *continuant.*

Combien n'a-t-on pas écrit de volumes sur cette matière , sans pouvoir l'éclaircir ?

TRUMAN.

Quelle est donc cette matière ? Si je pouvois le devi-
ner, je lui pousserois un argument, et nous discuterions.

ÉMILIE.

Quel est l'état le plus heureux de l'homme ?

TRUMAN.

L'homme le plus heureux, Mademoiselle, est celui
qui peut parvenir à vous plaire.

ÉMILIE, *continuant.*

Je crois, moi, que l'absence des passions tumultueuses
fait seule le bonheur de la vie.

TRUMAN.

Ah , Mademoiselle ! faites une exception en faveur
de l'amour. Il est l'ame de la nature ; sans lui, que
deviendroit cet univers ? Seul, il charme, il embellit
notre existence.

ÉMILIE , *continuant.*

Celui qui ne s'attache à rien , conserve sa liberté, son
indépendance, et ce système sera le mien.

TRUMAN , *s'écriant.*

Ah, Mademoiselle ! quel épouvantable système voulez-vous adopter ?

ÉMILIE, *se levant.*

Ciel ! je n'étois pas seule !

TRUMAN.

Mademoiselle, si vous me permettiez de discuter avec
vous, j'aurois l'honneur de vous prouver...

ÉMILIE.

Pardon, Monsieur. Je m'occupois d'objets dont on ne s'occupe guère à votre âge, et qui ne sont point à votre portée. Voici M. Mirable, le fils. Vous vous entendrez mieux ensemble, et j'ai l'honneur de vous saluer. (*elle rencontre Henri, et lui fait une révérence sérieuse.*)

SCÈNE XIII.

MIRABLE, fils, TRUMAN.

MIRABLE, fils.

Que dis-tu de ce Caton femelle?

TRUMAN.

C'est une boule de neige, que cette femme-là.

MIRABLE, fils.

Que ne suis-je à ta place ? J'aime les conquêtes difficiles.

TRUMAN.

Et ton Oriana?

MIRABLE, fils.

Je ne l'ai point encore vue ; elle m'a fait dire de l'attendre dans ce salon. Cherche à rejoindre ta belle indifférente, et songe qu'il y va de ta gloire à la sub-juguer.

TRUMAN.

Si j'en viens à bout, ma gloire alors éclipsera la tienne.

MIRABLE, fils.

Que dis-tu donc, mon cher Truman ; il faut que je guérisse une femme qui m'adore, de la fantaisie de m'épouser. Crois-tu la chose facile ? Je l'entends : ta présence me gêneroit ; fais-moi le plaisir de te retirer.

TRUMAN.

Avec plaisir. Je vais chercher ma savante ; je lui prouverai que je ne suis pas aussi superficiel qu'elle se l'imagine. (*il sort.*)

SCÈNE XIV.

MIRABLE, fils, ORIANA.

MIRABLE, fils.

J'AI donc enfin le bonheur de revoir la belle Oriana ?

ORIANA.

M. Mirable est toujours galant ; mais cela ne m'étonne pas. Mais est-il toujours fidèle ? cela me surprendroit un peu.

MIRABLE, fils.

Vous avez trop bonne opinion de vous-même , pour en douter.

ORIANA.

Avec tout autre que vous...

MIRABLE, fils.

Avec tout autre que moi...

ORIANA.

J'aurois regardé comme injurieuse la garantie que vous me forçâtes d'accepter avant votre départ.

MIRABLE, fils.

Quelle garantie ?

ORIANA.

Ce dédit en bonne forme que vous me signâtes, et que vous seriez obligé de me payer sous huit jours, si vous ne m'aviez pas donné le beau nom de lady Mirable.

MIRABLE, fils.

Vous avez conservé ce chiffon de papier ?

ORIANA.

Une femme renonce-t-elle aux gages de l'amour ?

MIRABLE, fils.

Si je ne voulois pas tenir ma parole ?

ORIANA.

Vous me payeriez quatre mille guinées.

MIRABLE, fils.

Vous les exigeriez ?

ORIANA.

Impitoyablement.

MIRABLE, fils.

Je ne vous croyois pas une ame intéressée.

ORIANA.

Vous me rendez justice. On n'a pas fait de loix contre l'inconstance ; vous avez voulu réparer le tort de nos législateurs, et je profiterois, pour vous punir, de tous mes avantages.

MIRABLE, fils.

Si l'on mettoit ainsi les inconstants à l'amende...

ORIANA.

La crainte de se ruiner les rendroit fidèles.

MIRABBLE, fils.

L'inconstance ne seroit plus que le plaisir des rois.

ORIANA.

Auriez-vous du regret à cet écrit ?

MIRABLE, fils.

Vous allez me le rendre ?

ORIANA.

Non pas, s'il vous plaît.

MIRABLE, fils.

Vous avez tort.

ORIANA.

Monsieur ne m'aime plus.

MIRABLE, fils.

Je vous aime plus que jamais.

ORIANA.

Dites-vous la vérité?

MIRABLE, fils.

Je vous le jure ; mais...

ORIANA.

Que veut dire ce mais ?

MIRABLE, fils.

Si je vous épouse, on dira que je cède à la nécessité.

ORIANA.

On dira tout ce que l'on voudra ; en serez-vous moins heureux?

MIRABLE, fils.

Je déteste tout ce qui sent la gêne.

ORIANA.

J'en suis fâchée pour vous.

MIRABLE, fils.

Vous vous défiez de moi?

ORIANA.

Je vous connois.

MIRABLE, fils.

Certainement je n'épouserai point une femme qui me fait l'outrage de ne pas croire à la vivacité de mon amour.

ORIANA.

Vous ne m'épouserez pas, Monsieur?

MIRABLE, fils.

Non, tant que vous ne changerez pas de façon de penser.

ORIANA.

Je n'en changerai point.

MIRABLE, fils.

Décidément ?

ORIANA.

Décidément ; et vous m'épouserez.

MIRABLE, fils.

Malheur à vous, si vous usez de vos droits !

ORIANA.

Je les ferai valoir.

MIRABLE, fils.

Prenez-y garde ?

ORIANA.

J'ai pensé à tout.

MIRABLE, fils.

Marié de la sorte, je serai le plus maussade des époux.

ORIANA.

Vous ne pouvez jamais être maussade.

MIRABLE, fils.

Je vous conduirai à la campagne.

ORIANA.

Les champs me plaisent.

MIRABLE, fils.

Je n'y recevrai personne.

ORIANA.

Nous vivrons tête à tête. Quelle délicieuse existence !

MIRABLE, fils.

Je réglerai votre dépense chaque jour.

ORIANA.

Tant mieux ! je n'aime pas les détails de ménage.

 LES FOLLES RAISONNABLES,

MIRABLE, fils.

Il faudra pourtant que vous comptiez avec nos fermiers.

ORIANA.

Alors, le desir de vous plaire me rendra soigneuse.

MIRABLE, fils.

Je serai jaloux.

ORIANA.

Et de qui, si nous ne voyons personne?

MIRABLE, fils.

Je deviendrai bisarre, querelleur.

ORIANA.

J'opposerai la douceur à vos emportements.

MIRABLE, fils.

Oh! c'en est trop. Résolument, Mademoiselle, je ne me marierai point par contrainte. Oui, je plaiderai, je vous en donne ma parole.

ORIANA.

Et votre père vous déshéritera.

MIRABLE, fils.

On ne m'épouvante point par des menaces. Pour vous le prouver, je vais puiser dans la bourse de tous mes amis, pour vous compter vos quatre mille guinées. Votre obstination vous vaudra de l'argent; mais elle vous ravit pour toujours le cœur du plus amoureux, du plus tendre, du plus passionné de tous les hommes. (*il sort.*)

SCÈNE XV.

ORIANA, *seule.*

IL est charmant dans sa colère.

SCÈNE XVI.

ORIANA, ÉMILIE.

ÉMILIE.

QUEL a été le résultat de ton entretien avec le cher Mirable ?

ORIANA.

Il m'aime toujours ; mais il ne veut pas m'épouser.

ÉMILIE.

Le projet de ces Messieurs est très moral. Il faut nous venger, et les punir d'une façon exemplaire.

ORIANA.

J'y suis résolue.

ÉMILIE.

Moi de même. Ils ont fait le serment de nous séduire et de ne pas nous épouser.

ORIANA.

Eh bien ! jurons d'être sur nos gardes.

ÉMILIE.

Jurons de les tourmenter.

ORIANA.

De les pousser à bout, et de n'avoir d'autres époux qu'eux, en dépit qu'ils en aient. Cela est difficile.

ÉMILIE, *gaiement.*

Tant mieux ! notre triomphe en sera plus éclatant.

ORIANA, *de même.*

Voyons ce qui résultera de cette lutte ?

ÉMILIE.

D'un côté deux petits entêtés...

ORIANA.

De l'autre, deux femmes à caractères.

ÉMILIE.

La victoire est à nous, ma chère Oriana, la victoire est à nous.

FIN DU PREMIER ACTE.

ACTE II.

SCÈNE PREMIÈRE.

TRUMAN, JOHN.

JOHN.

Puisque vous desirez revoir mademoiselle Emilie, restez dans ce salon; elle le préfère à tous les autres appartements de l'hôtel; je suis certain qu'elle va bientôt s'y rendre.

TRUMAN.

Si elle m'y rencontre, elle me fuira encore.

JOHN.

Eh bien ! cachez-vous derrière ce paravent; quand le moment des méditations sera passé, vous pourrez vous offrir sans crainte à ses regards; elle aime à causer, surtout avec les voyageurs.

TRUMAN.

Je pourrai lui communiquer des notes fort instructives sur ce que j'ai vu de plus remarquable en France, en Espagne et en Italie.

JOHN.

Dès que vous avez de si belles choses à lui communiquer, vous êtes sûr de votre triomphe. Il est des femmes que l'on gagne en leur disant des douceurs; mais vous ne viendrez à bout de celle-là qu'à force de science et d'érudition.

3

TRUMAN.

Les bancs de l'université d'Oxfort, sur lesquels j'ai été cloué pendant quatre années de suite, m'ont mis en état de joûter avec elle.

JOHN.

Vous pourrez l'attaquer en *barbara* et en *baralipton*. Ne vous étonnez point, si je sais les termes de l'école; j'ai fait ma logique; j'aurois pu être précepteur d'un grand, si je l'eusse voulu. Mais comme on fait plus de cas d'un valet-de-chambre que d'un pédant hérissé de grec et de latin, et, surtout, qu'on le paie mieux, j'ai préféré l'état qui pouvoit me donner plus de considération et de profit.

TRUMAN.

Tu ne t'es pas vanté de ta science?

JOHN.

C'étoit pour ne pas exciter l'envie; elle ne m'eût pas plus épargné qu'un autre. J'entends votre belle. Saisissez l'à-propos pour vous montrer, ou elle vous échappe. Eh, vîte! cachez-vous. (*à part, pendant que Truman va derrière le paravent.*) S'il suit mes conseils, il avancera joliment ses affaires.

SCÈNE II.

TRUMAN, *caché*. ÉMILIE, JONH.

JONH, *bas à Emilie.*

NOTRE philosophe est derrière le paravent; je vous le livre; il est en bonnes mains.

SCÈNE III.

TRUMAN, *caché*. ÉMILIE.

ÉMILIE, *un livre à la main.*

PESTE soit des livres. J'y renonce; je veux vendre ma bibliothèque et rompre avec tous les savants. (*elle jette son livre.*)

TRUMAN, *à part.*

Me voilà bien avec mon érudition.

ÉMILIE.

Que les hommes s'occupent de sciences, et les femmes de leur toilette.

TRUMAN.

Belle philosophie !

ÉMILIE.

Le savoir rend les femmes ridicules ; la lecture fane le teint ; elle détruit la vivacité de nos regards, nous rend ennuyeuses. Je reviens à mes premiers goûts. Holà, quelqu'un !

SCÈNE IV.

TRUMAN, *caché*. ÉMILIE, JOHN.

ÉMILIE, *à John, qui entre.*

FAITES entrer mon maître à danser ; il y a assez long-temps que je lui donne ses cachets, sans faire usage de ses talents.

TRUMAN.

Je vais assister à une leçon de danse : belle occupation pour un philosophe !

SCÈNE V.

TRUMAN, *caché*. ÉMILIE, UN MAITRE DE DANSE.

ÉMILIE.

ALLONS, Monsieur, vous allez m'enseigner une valse. Quel dommage que vous n'ayez pas amené votre prévôt. Il est un peu lourd, un peu gauche; il a les bras roides; mais on s'en sert, faute de mieux. Enfin, c'est un homme, et c'est toujours quelque chose. Quand on n'a pas le danseur que l'on veut, on se contente de celui que l'on a. Il n'y est point; je valserai toute seule, pendant que vous jouerez du violon. Reculons ce paravent. Que vois-je? un homme?

TRUMAN.

Pardon, Mademoiselle.

ÉMILIE.

Par quel hasard, Monsieur, vous vous trouvez là?

TRUMAN.

Je vous demande mille pardons.

ÉMILIE.

Je vous pardonne volontiers; je suis même ravie de l'aventure : j'ai besoin d'un danseur pour essayer une valse. Vous aimez la danse, sans doute. Oh, oui! vous l'aimez. Quand on a les mêmes goûts, on agit sans cérémonie. Allons, Monsieur, donnez-moi la main; et vous, Monsieur, jouez une valse, la plus nouvelle, et le plus vivement que vous pourrez.

TRUMAN.

Mais, Mademoiselle. (*on joue une valse.*)

ÉMILIE.

Allez donc , Monsieur , allez donc, vous perdez la mesure. (*après avoir un peu valsé.*)

TRUMAN.

Je venois pour vous parler de philosophie.

ÉMILIE.

De philosophie? Valsons, Monsieur , valsons.

TRUMAN.

Ouf! je n'en puis plus.

ÉMILIE.

Comment donc , Monsieur, êtes-vous dans un tel état pour quelques tours de valse? Votre tournure me donnoit une meilleure opinion de vous. Je ne vous prendrai plus pour mon danseur.

TRUMAN.

Je vous le conseille.

ÉMILIE *fait signe au maître de danse de se retirer.*

Peut-être n'aimez-vous pas la danse. Je gage que vous préférez la musique. Hé bien! vous allez me chanter un air du nouvel opéra.

TRUMAN.

Je suis assez bon musicien ; mais je n'ai pas de voix.

ÉMILIE.

Vous allez m'exécuter une sonnate sur le forté-piano. C'est qu'en vérité vous avez une bonne grosse figure à sonnate.

TRUMAN.

Mademoiselle, mon instrument favori n'est pas agréable dans un appartement.

ÉMILIE.

Est-ce la timballe , la trompette , le fifre ou la cornemuse ?

TRUMAN.

Vous me plaisantez, Mademoiselle.

ÉMILIE.

Je porte trop de respect à la philosophie pour oser prendre une telle licence !

TRUMAN.

En vérité, je ne sais ce que je dois croire.

ÉMILIE.

Parlez franchement. Comment me trouvez-vous ?

TRUMAN.

Charmante.

ÉMILIE.

C'est un compliment, et je ne vous en demande point. Vous annoncez un grand désir de faire connoissance avec moi. Tantôt j'étois dans une méditation profonde, et vous l'avez troublée ; je viens ici pour prendre une leçon de danse, et vous vous cachez pour m'observer ! Vous m'avez vue d'abord triste, mélancolique et sentimentale ; l'instant d'après, vive, folâtre et enjouée. Ces variations dans mon humeur ont-elles l'avantage de vous plaire ?

TRUMAN.

Sans doute, Mademoiselle.... et je vais vous prouver...

ÉMILIE.

Oh ! point de longs discours ; je ne les aime pas.

TRUMAN.

Je n'ai encore rien dit.

ÉMILIE.

C'est ce que vous pourriez faire de mieux. Ah ! vous n'avez rien dit. Sachez que les murs ici ont des oreilles ?

TRUMAN.

Quoi ! Mademoiselle ?

ÉMILIE.

Je connois le joli complot que M. Mirable et vous avez formé. Ecoutez-moi, Monsieur, je ne suis pas mal, je crois, et j'ai vingt mille livres sterling de dot. Si vous parvenez à me plaire, je pourrai faire la folie de vous épouser. Mais ne jouez plus l'homme à bonne fortune ; ce personnage là vous iroit on ne peut pas plus mal. Allez, Monsieur, allez joindre votre digne compagnon ; jamais on ne fut mieux assortis que vous ne l'êtes. Allez calomnier mon sexe ; enivrez-vous de ce plaisir ; écrivez même une satire ; mais apprenez que ma conduite est au-dessus de vos sarcasmes. Il me suffit que mes principes soient approuvés de ceux de qui l'opinion m'est chère. Si vous n'êtes pas trop fatigué, revenez prendre une leçon ; ou restez ici jusqu'à ce que j'aye le temps de venir vous en donner une autre. Adieu, Monsieur le philosophe. (*elle lui fait une profonde révérence.*)

SCÈNE VI.

TRUMAN, MIRABLE, fils.

TRUMAN, *à part.*

Elle me plaisante. En vérité, je suis stupéfait.

MIRABLE, fils.

Hé bien ! mon cher Truman, tu viens d'avoir un entretien avec la belle Emilie. Comment êtes-vous ensemble ?

TRUMAN.

Très mal, à ce qu'il me paroît.

MIRABLE, fils.

Vos philosophies n'ont donc pas pu s'accorder ?

TRUMAN.

Elle philosophe ! c'est une folle.

MIRABLE, fils.

Une folle ? Tant mieux ! avec de l'adresse, on fait faire bien du chemin à ces têtes évaporées. Je n'ai jamais craint que les femmes à caractère. Par exemple, Oriana sera difficile à vaincre ; mais j'en viendrai à mon honneur. Nouveau Lovelace, mais plus adroit que lui, je ne menerai pas le roman au douzième volume, pour arriver à sa conclusion.

TRUMAN.

Mon ami, elles savent tout.

MIRABLE, fils.

Tant mieux encore ; quelle gloire de triompher de leur défiance !

TRUMAN.

Nous échouerons.

MIRABLE, fils.

Si la peur te prend déjà ?...

TRUMAN.

C'est qu'Emilie m'a traité d'une manière !...

MIRABLE, fils.

T'a-t-elle dit des injures ?

TRUMAN.

Pis que cela.

MIRABLE, fils.

Tant mieux, morbleu ! Les femmes ne tourmentent que ceux qu'elles aiment.

TRUMAN.

Si cela est ainsi, Emilie m'adore. Elle m'a fait danser, mon ami.

MIRABLE, fils.

Elle t'a fait danser ?

TRUMAN.

Eh ! malgré moi, ce qui est plus fâcheux.

MIRABLE, fils.

Tu ne sais rien faire à propos. Il falloit te prêter à ses fantaisies.

TRUMAN.

Voici ton père ; je sors pour prendre l'air. C'est bien assez d'avoir été querellé par une femme, sans m'exposer à l'être encore par un oncle. (*il sort.*)

SCÈNE VII.

MIRABLE, père, MIRABLE, fils.

MIRABLE, fils.

Je brave la tempête, puisqu'il est arrêté qu'il faut que je l'essuie.

MIRABLE, père.

Eh bien ! est-on décidé à m'obéir, enfin ? et le plus plus tendre des pères, celui qui ne veut que ton bonheur, parviendra-t-il à te persuader ? Tiens, mon Henri, vois-tu ce portrait ? (*il le lui montre.*)

MIRABLE, fils, *avec impatience.*

C'est encore Oriana ?

MIRABLE, père.

Tu oses le regarder avec dédain ; tu oses m'outrager ainsi, moi, ton vieil ami. Prends-y garde. Quatre bonnes murailles sauront bien te forcer à l'obéissance... Ainsi, je prétends ; j'ordonne ; mais non, je t'en conjure. As-tu besoin d'argent ? prends tout ce que je possède au monde. Je ne suis plus en colère ; tu le vois... Tu te tais ? Mais réfléchis donc, bourreau, que c'est un ange. Que d'attraits ! que de graces ! que de vertus ! Quelle sensibilité touchante ! Son pauvre petit cœur est bien malade ; et tandis qu'il ne tient qu'à toi de le guérir, tu jouis avec délices des maux que toi seul as causés. Viens donc, mon Henri. Jette, te dis-je, un regard sur ce divin portrait, et dis : il ne tient qu'à moi d'en posséder l'original, avec vingt-cinq mille livres sterlings, entends-tu bien, mauvais sujet, vingt-cinq mille livres sterlings ? Tu ne peux pas refuser une femme jeune et belle avec vingt-cinq mille livres sterlings ; cela ne s'est jamais vu, ou tu mériterois d'être mis aux Petites-Maisons.

MIRABLE , fils.

Voulez-vous m'entendre, mon père ?

MIRABLE, père.

Que peux-tu me dire ? Tu m'alléguerois vingt-cinq mille raisons pour ta défense, que tu ne pourrois pas me faire changer de résolution et me persuader que j'ai tort.

MIRABLE, fils.

Si je ne puis parvenir à me faire entendre, je repars pour l'Italie dès ce moment.

MIRABLE, père.

Le malheureux ! il connoît mon foible ; il sait bien que je ne peux plus me séparer de lui.

MIRABLE, fils.

Mon père, si vous voulez m'asservir aux liens du mariage, vous manquerez votre but, qui est de me rendre heureux. Enchaîné pour la vie, avec toutes les richesses de Crésus, je serois le plus pauvre et le plus à plaindre de tous les hommes. Je préfère à tout ma douce indépendance.

MIRABLE, père.

Quelle démence! Quoi! je t'aurai donné l'éducation la plus brillante, pour entendre de pareils raisonnemens? Ah! je ne suis pas encore un idiot, un imbécille; je saurai te le prouver. Si tu ne m'obéis pas sur le champ, je sais bien le parti que je prendrai pour vaincre ta résistance.

MIRABLE, fils.

Eh! quel parti?

MIRABLE, père.

C'est moi qui tiens les cordons de la bourse; je ne les dénouerai plus pour toi. Je ne te donnerai pas une guinée, pas un scheling, pas un scheling, entends-tu, mauvais sujet? Tu es entêté, je le serai à mon tour.

MIRABLE, fils.

Eh, Monsieur! j'ai appris depuis long-temps à mépriser les richesses. Mes nombreuses lectures, mes méditations profondes, m'ont fait connoître un autre genre de bonheur.

MIRABLE, père.

Le malheureux! comme il me répond. Voilà ma récompense, de m'être marié pour lui faire plaisir.

MIRABLE, fils.

Pour me faire plaisir?

MIRABLE, père.

Et à qui donc, s'il vous plaît? Sans moi seriez-vous là? N'est-ce pas moi qui vous ai donné la vie?

MIRABLE, fils.

Le beau présent! si vous voulez l'empoisonner.

MIRABLE, père.

Je l'empoisonne, en te donnant une jolie femme?

MIRABLE, fils.

A la bonne heure, elle est jolie.

MIRABLE, père.

Elle est douce, aimable, spirituelle, et riche, par-dessus le marché.

MIRABLE, fils.

Je conviens de tout cela.

MIRABLE, père.

Et tu ne l'aimes point?

MIRABLE, fils.

Je l'aime beaucoup.

MIRABLE, père.

Et tu ne veux pas l'épouser?

MIRABLE, fils.

Vous avez dit le mot. Qu'elle exige de moi toute autre chose, et elle me verra le plus attentif et le plus complaisant de tous les hommes. (*ici Dugard entre et écoute.*)

MIRABLE, père.

Ne pas vouloir épouser mon Oriana! Tu prétends en faire ta maîtresse, apparemment. Elle est faite pour cela, n'est-il pas vrai? et je le souffrirois, moi! Morbleu! ventrebleu! Je suis dans une telle colère, que si je ne me modérois point, je ne sais pas ce que je te ferois.

SCÈNE VIII.

DUGARD, MIRABLE, père, MIRABLE, fils.

DUGARD.

Vous avez raison, Monsieur, de le traiter comme vous le faites. Il n'est pas de punition que ne mérite sa conduite odieuse. Il érige l'immoralité en systême, et il s'en fait gloire. Sévissez contre lui, Monsieur, et prouvez-lui que vous êtes son père. Il croit se faire distinguer par ses affreux principes, et il se couvre de ridicule et de honte.

MIRABLE, fils.

Bravo, mon cher ami! bravo! tu prêches comme un ange.

MIRABLE, père.

Il parle très bien ; mais ce n'est pas à lui à vous faire des remontrances. C'est à moi seul à chapitrer mon fils ; je suis assez grand pour cela. Je veux et je peux l'appeler un libertin, si tel est mon bon plaisir ; mais nul autre que moi n'a le droit de censurer ses actions.

MIRABLE, fils.

Mon père a raison.

MIRABLE, père.

J'ai toujours raison, moi.

DUGARD.

Mais quand il s'agit de ma sœur ?

MIRABLE, père.

S'il n'épouse pas votre sœur, c'est votre faute.

DUGARD.

C'est ma faute ?

MIRABLE, père.

Oui, Monsieur. Je vous avois prié de voyager avec
lui pour être son Mentor, pour lui donner de bons conseils. Tant qu'il vécut auprès de moi, il fut sage, sou-
mis, obéissant ; vous me le ramenez, et je ne le reconnois plus. Il veut trancher du philosophe ; il raisonne ;
il fait le docteur ; votre mal l'a gagné ; c'est vous qui
l'avez perverti par vos exemples.

DUGARD.

C'est moi que l'on querelle à présent.

MIRABLE, fils.

Il y a du vrai dans ce que dit mon père. Ne m'as-tu
pas répété cent fois cette sublime maxime de je ne sais
quel philosophe, qu'il étoit trop tôt pour se marier dans
la jeunesse, et trop tard quand on étoit vieux ?

DUGARD.

Je t'ai cité ce paradoxe comme l'opinion isolée d'un
sage.

MIRABLE, fils.

L'opinion d'un sage. Vous l'entendez, mon père.
Moi qui ai un respect infini pour la sagesse, je me règle
sur les beaux modèles.

MIRABLE, père.

J'enrage, quand j'entends raisonner ainsi.

DUGARD.

Qu'il suive son beau systême, si cela l'amuse. Ma
sœur n'a pas besoin de lui pour trouver un établissement.
Lord Fitz Henri vient de me demander sa main ; et Fitz
Henri, je le présume, vaut bien votre fils.

MIRABLE, père, *très vivement.*

Non, Monsieur, il ne le vaut pas.

DUGARD.

La prévention paternelle!

MIRABLE, père.

Il n'y a pas de prévention, Monsieur, et je vous
trouve bien singulier de me dire en face de pareilles
impertinences.

DUGARD.

Faut-il que ma sœur reste sans se marier, parce que
votre fils la refuse?

MIRABLE, père.

Il ne la refuse pas. N'est-ce pas, mon ami, que tu ne
la refuses pas? Il alloit se rendre à mes prières, à ma
douceur; vous arrivez, vous l'obstinez, et vous gâtez
tout; vous détruisez mon ouvrage. Quand on n'a pas
un esprit plus conciliant que le vôtre, on ne se mêle
des affaires de personne. Il vaut mieux se taire que de
dire des sottises.

SCÈNE IX.

DUGARD, MIRABLE, père, JOHN, MIRABLE, fils.

JOHN.

Ah, Messieurs! quel effroyable malheur! Je suis si
étonné, si contristé, si épouvanté de ce que je viens de
voir et d'entendre, que je ne sais pas si j'aurai la force
de vous la raconter.

MIRABLE, père.

Finis ton préambule désespérant. De quoi est-il ques-
tion?

JOHN.

Mademoiselle Oriana, cette pauvre demoiselle si obli-
geante, si douce... Oh! cela me fait une peine.

MIRABLE, père.

Eh bien, Oriana ?

DUGARD.

Ma sœur !

MIRABLE, père.

Est-elle morte ?

JOHN.

Non, Dieu merci.

MIRABLE, fils.

Je respire. Ce drôle-là m'avoit effrayé.

JOHN.

Hélas, Messieurs ! il vaudroit peut-être autant qu'elle
ne fût plus de ce monde, que d'y vivre désormais pour
y faire la figure qu'elle y fera.

MIRABLE, père.

On diroit que ce faquin se plaît à nous impatienter.
Viens donc au fait. Qu'est-il arrivé à mon Oriana ?

JOHN.

Quand elle a vu la manière dont monsieur votre fils
la traitoit, le refus qu'il faisoit de lui tenir la parole
qu'il lui avoit donnée, elle en a ressenti un chagrin si
poignant et si vif, le serrement de cœur qu'elle a éprouvé
a été tel, qu'elle en est devenue immobile, muette et
pâle ; elle a versé des pleurs, elle a ri, elle s'est mise
en colère, elle a dansé, elle m'a donné une paire de
soufflets d'une main et quatre guinées de l'autre. Bref,
la tête est partie : elle est décidément folle ; c'est une
affaire faite.

MIRABLE, père, à son fils.

Malheureux ! voilà le résultat de ton beau système !

JOHN, bas à Dugard.

Bon ! le mensonge réussit.

MIRABLE, fils.

Si toutes les filles que l'on n'épouse pas, perdoient la tête, la maison des fous ne seroit pas assez grande pour les contenir.

DUGARD.

Quoi, Monsieur, vous avez la barbarie de plaisanter d'un malheur dont vous seul êtes cause? Vous me rendrez raison de cette insulte.

MIRABLE, fils.

Quand il vous plaira, mon ami. Vous savez bien que je ne refuse ni une partie de plaisir, ni une affaire d'honneur.

MIRABLE, père.

Tu voudrois donc être le bourreau de toute la famille?

MIRABLE, fils.

Rassurez-vous, mon père; cette aventure n'aura pas de suite. Il passe une lubie par l'esprit de la sœur; et le frère, quand il y aura mûrement réfléchi, ne voudra pas se brouiller avec moi pour une bagatelle. Au reste, que nous nous battions ou non, nous n'en serons pas moins bons amis.

DUGARD.

N'y comptez pas. La voici, cette infortunée; sa vue me fait trop de mal, je me retire. Songez, Henri, que si vous ne réparez pas vos torts envers ma sœur, vous aurez en moi le plus implacable des ennemis.

SCÈNE X.

MIRABLE, père, ORIANA, MIRABLE, fils.

MIRABLE, père.

REGARDE, malheureux, regarde, et contemple ton ouvrage. Mon enfant, mon Oriana, me reconnois-tu?

ORIANA.

Quel est ce vieillard vénérable, dont les cheveux blanchis par les ans impriment le respect? Bon hermite, venez au secours d'une infortunée.

MIRABLE, père.

Elle me prend pour un hermite !

ORIANA.

Dérobez-moi aux regards des méchans, au souffle impur de la calomnie. Ah! mon pauvre cœur! C'est là, là, qu'est mon mal. Avez-vous jamais aimé, dites-moi? Rêvez-vous quelquefois de fleurs, de jardins délicieux ; avez-vous quelquefois joui du lever de l'Aurore? Elle annonçoit autrefois les jours de mon bonheur. Tout est changé dans la nature : l'orage gronde, l'éclair sillonne la nue, les vents sont déchaînés, les torrents m'entraî-nent dans leur course incertaine et rapide. Je demande en vain du secours au voyageur effrayé, qui me fuit. Je me réfugie dans vos bras; ayez pitié de ma souffrance horrible. (*elle se jette dans les bras de Mirable, père.*)

MIRABLE, père.

Les sanglots la suffoquent, et moi-même.... Ma chère Oriana.

MIRABLE, fils, *touché.*

Fatal effet de la douleur! Ces écarts d'une imagina-

tion exaltée, ces discours sans suite de l'amour en
délire, touchent plus que la raison avec toute son élo-
quence. Madame, asseyez-vous, daignez vous reposer.

MIRABLE, père.

Oui, repose-toi, mon enfant.

ORIANA.

Votre voix me console et me désespère tour-à-tour.
(*à Mirable, père.*) Je vous reconnois, enchanteur
cruel ; c'est vous qui avez fait couler dans mes veines
brûlantes ce poison qui me tue. (*à Mirable, fils.*) Aimable étranger, tes traits peignent la candeur ; défends-
moi, protège-moi contre la violence de ce cruel.

MIRABLE, père.

Je suis ton ami, ton vieil ami.

ORIANA.

Laissez-moi, fuyez-moi. (*montrant Mirable, fils.*)
Je veux rester avec lui, toujours, toujours. (*à Mirable,
père.*) Va-t-en, va-t-en, je t'en conjure, si tu ne veux
pas me faire mourir.

MIRABLE, fils.

Retirez-vous un moment.

MIRABLE, père.

Coquin ! si tu ne lui rends pas la raison... Ma fille....

ORIANA, *avec un geste d'effroi.*

C'est encore lui !

MIRABLE, père.

Je lui fais peur, à présent. Sa pauvre tête !... Que je
suis malheureux !... Je sors, mais prends garde à toi ; si
tu ne me la rends pas telle qu'elle étoit, tu peux dire que
tu n'as plus de père, et que tout est fini entre nous deux.
Ma pauvre Oriana ! ma pauvre Oriana !

SCÈNE XI.

ORIANA, MIRABLE, fils.

ORIANA.

AH ! je respire enfin. Vois comme son absence a fait
évanouir les sombres vapeurs qui nous enveloppoient.
Tu me regardes d'un air si doux ! tu as pitié de moi,
n'est-ce pas ?

MIRABLE, fils.

Oriana !

ORIANA.

Quelle est cette Oriana ?

MIRABLE, fils.

La plus aimée des femmes.

ORIANA.

Qu'elle est heureuse ! On ne l'a donc pas trahie comme
je le fus ? Ecoute, je me nomme Héloïse ; je l'aimois,
lui ; tiens, j'oublie jusqu'à son nom ; mais ses traits....
Mes idées se brouillent, se confondent. Il étoit comme
toi : il me dit une fois, cent fois, mille fois, je t'aime, puis
il me quitta. Donne-moi ta main, viens voir la tombe où
je descendrai bientôt. Ma mort aura pour lui des charmes : hé bien ! je veux le rendre heureux en expirant.
Oh ! comme ta main est tremblante !

MIRABLE, fils.

Femme malheureuse et trompée !

ORIANA.

Je ne trompe personne, moi. Ecoute, je vais te dire
ta bonne aventure ! (*elle rit*) Ah ! ah ! c'est singulier !
Quelle suite d'événements ! Tu auras des maîtresses, dix,
vingt, trente, et toutes se moqueront de toi.

MIRABLE, fils.

Femmes ! femmes ! avec qui l'artifice est né, dans la folie même vous avez des détours adroits. Me reconnoissez-vous ?

ORIANA.

Non.... mais bientôt la tombe nous réunira.

MIRABLE, fils.

Tu dis la vérité. Si tu péris, ton coupable amant ne te survivra pas.

ORIANA.

Que dis-tu ?

MIRABLE, fils.

Je suis à tes pieds ; j'abjure mes erreurs.

ORIANA.

Tu me trompes !

MIRABLE, fils.

Rends-moi mon Oriana, et je te rendrai ton Henri.

ORIANA.

Mon Henri ! Ciel ! quel charme est attaché à ces mots ! Mon Henri m'est rendu !

MIRABLE, fils.

Et pour la vie, si je te revois telle que tu fus.

ORIANA.

Et telle que je n'ai jamais cessé d'être.

MIRABLE, fils, *dans l'admiration.*

Sylphes divins, accordez vos lyres enchantées. Il faut célébrer le retour de la raison d'Oriana, et la fin de mon délire.

ORIANA.

Que signifie ce langage ?

MIRABLE, fils.

Vous avez joué votre rôle à ravir, et si vous eussiez

eu la patience de le continuer encore quelques instants
avec la même adresse, j'étois completement votre dupe.

ORIANA.

Ainsi donc....

MIRABLE, fils.

Je retire ma parole, Mademoiselle. Je n'épouserai
certainement pas une personne qui a des lubies pareilles.
Si vous avez si bien contrefait la folle un instant, qui
me répondra que vous ne jouerez point ce rôle tout le
temps de votre vie?

ORIANA.

Ah! traître!

MIRABLE, fils.

Epargnez-vous les injures. Vous étiez plus forte en
attaquant mon cœur qu'en blessant mon orgueil. Je
brave vos menaces : celles des dames ne m'ont jamais
épouvanté.

ORIANA.

Adieu, perfide, tu apprendras bientôt comment se
venge un cœur tel que le mien.

SCÈNE XII.

TRUMAN, MIRABLE, fils.

TRUMAN.

Ah! mon ami, je te trouve à propos; j'ai à te faire
part d'un singulier événement.

MIRABLE, fils.

J'aurois à t'en raconter un plus extraordinaire que le
tien, si tu n'excitois pas ma curiosité. Parle, est-ce que
ton Emilie t'a joué quelque nouveau tour?

TRUMAN.

Non, mon ami, c'est moi qui l'ai réduite au désespoir.

MIRABLE, fils.

Tu aurois eu ce courage ?

TRUMAN.

Tu sens bien qu'après ce qui s'étoit passé, je n'étois
pas homme à ne pas prendre ma revanche. Je la rencontre au jardin, je la persiffle, je la raille ; elle étoit au
désespoir, j'allois la forcer à s'humilier, lorsque ton
père s'est avisé de nous interrompre.

MIRABLE, fils.

Il arrive toujours mal à propos.

TRUMAN.

Je les quitte, et un instant après je reçois ce billet
d'Emilie :

« Vous connoissez bien peu le cœur d'une femme,
« Monsieur, si vous vous êtes mépris à ma conduite
« envers vous, et si vous avez mal interprété ce qui
« n'étoit qu'une épreuve pour m'assurer de votre amour.
« Au reste, si un badinage a pu vous déplaire, je m'en
« avoue repentante. Daignez m'accorder un entretien
« dans le salon où je vous ai déjà vu. Si ce lieu fut témoin
« de ma faute, il le sera de la réparation. »

EMILIE.

MIRABLE, fils.

Si j'étois à ta place....

TRUMAN.

Je te prouverai que je suis digne de toi.

MIRABLE, fils.

Tu es amoureux, et quand les gens de ton humeur sont une fois pris, ils deviennent si pusillanimes en présence de l'objet aimé.

TRUMAN.

Je suis amoureux, soit, mais je suis piqué. Je suis philosophe, il faut que je me venge. J'entends Emilie.

MIRABLE, fils.

Je vous laisse. Je viendrai savoir l'issue de l'entretien : prends-y garde ; tu es prévenu, ne va pas faire de gaucherie.

SCÈNE XIII.

(Emilie, en entrant, salue Mirable, fils, qui se retire.)

ÉMILIE, TRUMAN.

ÉMILIE.

Vous avez reçu mon billet, Monsieur.

TRUMAN.

Oui, Mademoiselle.

ÉMILIE, *à part, en riant.*

Quel air grave ! (*haut.*) La démarche que je fais en ce moment...

TRUMAN.

Est-elle bien une preuve du regret que vous éprouvez, de la double plaisanterie que vous vous êtes permise à mon égard ?

ÉMILIE.

Ah ! Monsieur, n'abusez pas de vos avantages.

TRUMAN.

Vous êtes enfin raisonnable, un heureux retour vous ramène vers moi, cela devoit être. Vous m'aimez donc ? répondez ?

ÉMILIE.

La modestie de mon sexe ne me permet pas d'avouer l'impression...

TRUMAN.

La modestie ! Quelle modestie ! un diable dansant : j'en suis encore tout brisé. Au fait, m'aimez-vous ?

ÉMILIE.

Peut-être oui, peut-être...

TRUMAN.

Achevez, peut-être non. Prenez-y garde, conformez-vous aux termes de votre billet. Pour obtenir votre pardon, j'exige de vous une soumission entière à mes moindres droits, ou craignez...

ÉMILIE, *affectant de la crainte.*

De grace, ne prononcez pas mon arrêt ; eh bien ! oui, je... je... je... vous aime.

TRUMAN.

Eh bien ! prouvez-le donc par votre obéissance. Approchez, approchez, n'ayez pas peur ; je ne suis pas méchant, quand on fait ce que je veux.

ÉMILIE.

Ordonnez donc.

TRUMAN.

Allons, regardez-moi tendrement.

ÉMILIE.

Comme cela.

TRUMAN.

Vos yeux n'ont pas encore l'expression que je desire.

Un air plus languissant, vous y êtes. Moi, je conserve un air imposant et fier, parce que je suis encore un peu fâché. A présent, marchez avec nonchalance, une main sur le cœur, l'autre négligemment abandonnée, cela vous dessine mieux ; penchez un peu la tête, toujours en me regardant. (*elle soupire ;*) (*elle soupire encore plus fort.*) N'avancez pas, restez en place. Je me laisse fléchir, vous vous en appercevez, vous venez timidement auprès de moi. Bien ! répétez mot à mot ce que je vais dire. J'avoue...

ÉMILIE.

J'avoue.

TRUMAN.

Que je suis.

ÉMILIE.

Que je suis.

TRUMAN.

La femme la plus folle.

ÉMILIE.

L'homme le plus fou.

TRUMAN.

Sont-ce là nos conventions, Mademoiselle ?

ÉMILIE, *éclatant de rire.*

Comment, monsieur s'imaginoit que je venois ici pour m'humilier.

TRUMAN.

Qu'est-ce à dire ?

ÉMILIE.

Tantôt vous m'avez manqué au jardin, par vos airs et vos discours hors de propos, et je viens vous en demander raison. Entrez, Mesdames.

SCÈNE XIV.

ÉMILIE, TRUMAN, DEUX FEMMES, *dont une*
avec des épées nues, et l'autre avec des pistolets.

TRUMAN.

Que signifie cela ?

ÉMILIE.

Je vous ai fait danser ce matin ; il faut nous battre
maintenant.

TRUMAN.

Êtes-vous folle ?

ÉMILIE.

Cela se peut ; mais je veux savoir si vos talents dans
l'art de l'escrime égalent ceux que vous avez déployés
en dansant. Prenez cette épée.

TRUMAN.

Fi donc, Mademoiselle ?

ÉMILIE.

L'arme blanche vous effraye ! Acceptez un de ces pistolets, prenons nos distances, et nous ferons feu au signal
qu'on nous en donnera.

TRUMAN, *à part.*

Quel démon ! (*haut.*) Se battre dans cette pièce. En
tout autre lieu, un combat singulier avec vous, sans
témoins...

ÉMILIE.

Point de mauvaises plaisanteries, je ne les aime pas.
A tout prendre, le lieu est mal choisi ; vous avez raison
cette fois. Je vous attends au jardin à minuit. Y vien-
drez-vous ?

TRUMAN.

Certainement , Mademoiselle.

ÉMILIE , *avec fierté.*

A minuit, donc, au jardin. Nous verrons si vous montrez autant de courage à réparer une injure, que vous montrez de sang-froid à la commettre. (*après avoir fait quelques pas, elle se retourne.*) La parole, entre gens d'honneur, suffit. (*elle sort.*)

SCÈNE XV.

MIRABLE, fils, TRUMAN.

MIRABLE, fils.

Mon père me réclame par-tout ; il faut que je sorte pour me soustraire à ses persécutions.

TRUMAN.

Oui, sortons, mon ami ; si nous restons plus long-temps dans cette maison, il nous y arrivera quelque calastrophe.

MIRABLE, fils.

Tu n'as pas l'air content d'Emilie ?

TRUMAN.

C'est un diable ! à la première entrevue, elle se moque de moi ; à la seconde, elle me fait danser ; et à la troi-sième, elle veut me brûler la cervelle.

MIRABLE , fils.

A la quatrième elle t'enterrera.

TRUMAN.

C'est un petit plaisir que je ne veux pas lui laisser ; mais ce qu'il y a de fâcheux, c'est que je suis pris, tout-à-fait pris.

MIRABLE, fils.

Eh bien ! épouse-la.

TRUMAN.

Et notre serment ?

MIRABLE, fils.

Je t'en dégage.

TRUMAN.

Et notre dédit ?

MIRABLE, fils.

Tu le paieras.

TRUMAN.

Si tu voulois me faire un plaisir ?

MIRABLE, fils.

Ordonne.

TRUMAN.

Tu répondrois à l'amour d'Oriana.

MIRABLE, fils.

Je l'aime à la folie.

TRUMAN.

Eh bien ! abjure ton système ridicule : ne refuse pas le bonheur qui t'est offert.

MIRABLE, fils.

Non, mon ami, impossible ; j'ai du caractère.

TRUMAN.

Et moi le desir d'être heureux, et je suis résolu à te payer mille guinées.

MIRABLE, fils.

Je les prendrai.

TRUMAN.

Je ne les regretterai pas, si Emilie veut me pardonner de m'être si mal conduit avec elle.

SCÈNE XVI.

DUGARD, MIRABLE, fils, ORIANA, MIRABLE, père, ÉMILIE, TRUMAN.

MIRABLE, père.

J'ai eu tort envers toi, mon fils, Dugard vient de m'en faire convenir; tu n'es pas né pour rendre une femme heureuse, je veux que mon Oriana le soit. Je ne te presserai donc plus de l'épouser.

MIRABLE, fils.

A la bonne heure, qu'on ne me parle pas de mariage, et je serai le plus heureux des hommes.

DUGARD.

Ma sœur renonce à vous.

ORIANA, *très gaiement.*

Oh! pour la vie.

MIRABLE, fils.

Comme vous dites cela gaiement.

ORIANA.

Comme je le pense; et pour vous le prouver, voici la promesse que vous m'avez faite, je la déchire sans le moindre regret.

MIRABLE, fils.

Le trait est généreux.

ORIANA.

Tant que je vous aimai, je pus y mettre quelque prix; mais maintenant...

DUGARD.

Et pour que vous ne croyiez pas que tout ceci n'est qu'un jeu, voici son contrat de mariage avec lord Fitz Henri; elle va le signer en vôtre présence, et dans ce même instant.

ORIANA.

Sans la moindre répugnance.

DUGARD.

Lord Fitz Henri va lui-même venir ici. Nommé à l'ambassade de Russie, dans huit jours il y emmenera sa femme.

MIRABLE, fils, *avec chaleur.*

Comment, mon père, vous souffririez que mademoiselle allât périr d'ennui dans les glaces du Nord?

DUGARD.

Il seroit plaisant que vous eussiez le projet de vous y opposer!

MIRABLE, fils.

Je ne m'oppose à rien, mais vous me permettrez de douter... Voyons donc ce contrat!

DUGARD, *le lui donnant.*

Il est en bonne forme: le noble lord depuis long-temps recherche ma sœur; vous voyez qu'il lui fait les plus brillants avantages, et pour qu'on ne doutât pas de la pureté de ses intentions, il les a consignés d'avance dans cet écrit: ma sœur est même la maîtresse d'y ajouter toutes les clauses qu'il lui plaira.

SCÈNE XVII.

Les précédens, JOHN.

JOHN, *en entrant, il va ensuite à la gauche.*

LORD Fitz Henri envoie demander la permission de vous présenter ses hommages.

MIRABLE, fils, *en colère.*

Prétend-il venir me braver ! Certainement, je ne le souffrirai pas ; qu'il se garde bien de paroître ! Parce que cet homme a une fortune immense... Oh ! je ne souffrirai pas que mademoiselle soit ainsi sacrifiée... (*il déchire le contrat.*)

MIRABLE, père.

Que faites-vous donc, mon fils, vous déchirez ce contrat ?

DUGARD.

Ce n'est que du papier perdu ; on en dressera un autre.

MIRABLE, fils.

Non, Monsieur, cela ne sera pas. Si vous êtes sans humanité, sans pitié pour votre sœur, je me déclare son chevalier, je ne souffrirai pas qu'on lui fasse la moindre violence.

ORIANA.

On ne m'en fait aucune, Monsieur.

MIRABLE, fils.

Le dépit vous égare.

JOHN.

Quelle réponse faut-il faire à l'envoyé du lord ?

MIRABLE, fils.

Quelle réponse? que c'est moi qui épouse Oriana;
que si Fitz Henri veut obtenir sa main, il n'a qu'à venir
me la disputer.

ORIANA.

Mais, Monsieur, j'ai réfléchi, nous ne nous convenons
pas.

MIRABLE, fils.

J'ai eu des torts, je les reconnois; je suis un fou, soit,
mais le cœur est bon.

MIRABLE, père.

C'est vrai.

MIRABLE, fils.

Parlez pour moi, mon père; parlez pour moi. Oriana,
vous avez feint d'être folle; mais si mes remords ne vous
touchent point, je deviendrai fou, moi, pour tout de
bon. (*à Truman.*) Parle donc aussi pour moi, tu restes
là immobile et froid. Ne t'ai-je pas dit que je l'adorois?

TRUMAN.

Je songe à mes affaires. J'ai aussi un pardon à
obtenir.

MIRABLE, fils.

Oriana, je suis à vos pieds.

TRUMAN.

Emilie, je tombe aux vôtres.

ORIANA.

Serons-nous inexorables?

ÉMILIE.

Ils demandent grace.

ORIANA, *triomphant.*

Ils nous épousent.

ÉMILIE.

La victoire est à nous.

MIRABLE, père.

On vous pardonne, vous ne le méritiez pas. Rendez mes pupilles heureuses, ou, morbleu!... Croyez-moi l'un et l'autre. J'ai été jeune comme vous. J'ai fait des folies; mais je sentis bientôt qu'il n'est de vrai bonheur qu'au sein de son ménage, au milieu de ses enfants, et dans la société d'une épouse aimable, qui partage vos peines et double vos plaisirs.

FIN.

COLLECTION

*des Pièces jouées au Théâtre des Variétés-Étrangères,
et qui se vendent chez ANTOINE-AUGUSTIN RENOUARD,
libraire, rue Saint-André-des-Arcs, n° 55.*

En 5 actes.

Les deux Klingsberg, ou Avis aux Vieillards, *Kotzebue.*
Les Négociants, *Goldoni.*

En 4 actes.

Les Libellistes, *De Beaunoïr.*
L'Illuminé, ou le Nouveau Cagliostro, *Sôden.*
L'Epigramme, ou les Dangers de la Satire, *Kotzebue.*
Célestine, ou Amour et Innocence, *Sôden.*
L'Hotelier de Milan, *Antonio de Solis.*
L'Ecole de la Médisance, *Sheridan.*

En 3 actes.

L'Officier Suédois, *Kotzebue.*
Le Mari d'autrefois, *Kotzebue.*
Aurore, ou la Fille de l'Enfer, *Sôden.*
Les Parents, *Kotzebue.*
La Guerre et la Paix, *Goldoni.*
Douglas.
Ernest de Venissen.
Le Spectre, *Lewis.*
Le Créancier, *Richter.*

En 2 actes.

A quoi cela tient, *Garrick.*
La Fille de quinze ans, *Garrick.*
Le Schall, *Ramback.*
Les Chaises à Porteurs, *Junger.*
Les Folles raisonnables, *Farquhar.*
Les Mœurs de Londres, ou le Bon ton anglois. *Garrick.*
L'Enlevement singulier, *Steigentesch.*

En un acte.

Le Mari hermite, *Kotzebue.*
La Contribution de guerre, *Kotzebue.*
La Famille des Badauds.
Le Petit Cousin, *Kotzebue.*
C'étoit Moi, *Kotzebue.*
Le Droit de Naufrage, *Kotzebue.*

———————

La Collection forme trente pièces, dont quatre sont
encore sous presse, et paroîtront avant un mois.